LE

JEUNE ERMITE.

—

7e SÉRIE IN-12.

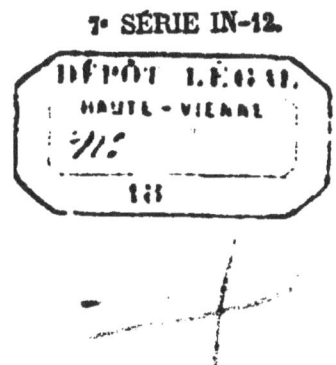

LE

JEUNE ERMITE

TRADUIT ET IMITÉ

DU CHANOINE SCHMIDT.

LIMOGES

EUGÈNE ARDANT ET Cⁱᵉ, ÉDITEURS.

LE

JEUNE ERMITE.

I. — L'île Verte.

Un enfant qui, dès l'âge de douze ans, mène la vie des pieux solitaires dont l'Eglise a préconisé les vertus ; qui demeure loin de ses parents, dans une caverne, au milieu d'un désert sauvage, où il a pour vêtement une robe brune et grossière nouée par une ceinture de chanvre, pour souliers des semelles attachées à ses pieds nus par de grosses courroies, pour aliments des herbes, des racines, quelques fruits, quelques œufs au temps de Pâques, et jamais de pain, pour boisson l'eau d'une fontaine, pour lit un amas de mousse, voilà sans doute une histoire bien extraordinaire, et qui paraîtra même invraisemblable si l'on suppose que c'est par goût ou par la volonté de ses parents que le jeune Ermite a embrassé ce genre de vie ; on ne pourra s'empêcher de blâmer la coupable négligence d'un père qui abandonnait ainsi son fils à lui-même : hâtons-nous de montrer qu'il ne méritait pas ce reproche.

Théodore était l'aîné d'une nombreuse famille ; il avait six frères ou sœurs. Ses parents, pauvres, mais pieux et honnêtes, vivaient de leur travail et se donnaient beaucoup de peine pour suffire à l'entretien de leurs enfants. Le père, qui se nommait Philippe, cultivait sans relâche son petit champ et son jardin ; et, grâce à son activité, le pain, le lait, les fruits, ne manquaient jamais dans le mé-

nage. Il réussissait aussi fort bien à soigner
des abeilles. Quand il n'avait pas à travailler hors de la maison, il faisait des
paniers, et ses enfants l'aidaient en ôtant
l'écorce des branches de saule, ou en faisant d'autres petits ouvrages à leur portée. Souvent aussi il accompagnait un riche pêcheur du village appelé Thomas,
et recevait une bonne part de la pêche.
De son côté sa bonne femme donnait tous
ses soins au ménage ; elle faisait des filets, et ses filles filaient le chanvre qu'elle
employait. Cette vie laborieuse entrete-
nait une certaine aisance dans la famille,
et les enfants étaient toujours bien vêtus
et bien nourris. Mais le principal soin de
leurs parents était de les élever dans la
vertu et dans la piété.

— Une bonne éducation, disaient-ils
souvent, voilà le meilleur héritage que
nous puissions leur laisser un jour.

Théodore était un enfant qui promettait beaucoup et qui faisait la joie de son père et de sa mère. Son esprit vif et précoce lui donnait un grande supériorité sur les enfants de son âge ; il était d'une activité peu commune, aimable et complaisant pour tout le monde.

Il avait d'ailleurs une belle figure, la taille dégagée, des yeux purs et brillants, des sourcils fins, de beaux cheveux bruns qui tombaient en boucles sur ses épaules. Le dimanche, quand il avait son petit habit gris-perle, dont son parrain Thomas, le pêcheur, lui avait fait cadeau, et sa courte jaquette et son long pantalon, c'était le plus bel enfant qu'on pût voir.

Mais avec de si grands avantages, il ne laissait pas d'avoir aussi ses défauts : il était opiniâtre, il voulait toujours avoir raison, il s'emportait contre ceux qui

osaient le contredire, et ce n'était souvent que par des peines sévères que ses
parents pouvaient le ramener à l'obéis-
sance. Il prétendait aussi dominer ses
frères et sœurs ; et s'ils ne se pliaient
pas à toutes ses volontés, il leur disait
des paroles dures et amères. Comme il
dînait souvent chez son parrain le riche
pêcheur, il avait peine à se contenter de
la nourriture simple et frugale qu'il trouvait chez ses parents. Il murmurait à table, et peu s'en fallait même qu'il ne re-
fusât de remercier Dieu après le repas,
comme si ce repas était indigne de lui.
On avait presque tous les jours des re-
proches à lui faire : il en reconnaissait
la justesse, il se repentait sincèrement de
ses fautes, et promettait aussitôt de se
corriger. Mais un moment après il y re-
tombait encore. Cette conduite affligeait
beaucoup ses parents, et leur donnait pour

l'avenir de sérieuses inquiétudes ; ils craignaient de voir s'évanouir de si belles espérances. Son parrain, le vieux pêcheur, lui disait souvent :

— Théodore, mon ami, prends-y garde ! Si tu ne te corriges pas, Dieu te corrigera lui-même sévèrement ; je prévois qu'il aura besoin de te soumettre à une discipline toute particulière, pour faire de toi quelque chose.

La maison du père de Théodore était bâtie sur une colline qui dominait la vaste mer : de là on découvrait dans le lointain une petite île d'un aspect fort agréable, et qu'on appelait l'île Verte, à cause des arbres et des buissons touffus qui la couvraient ; elle était du reste inhabitée. Le père de Théodore s'y rendait de temps en temps pour y couper les branches de sau les qui lui servaient à faire des paniers. Théodore, qui pouvait déjà manier la rame et seconder son père dans son travail, l'accompagnait ordinairement, et ces petits voyages lui causaient un grand plaisir. Philippe lui dit un soir :

— Si demain le ciel est aussi calme et la mer aussi tranquille qu'aujourd'hui, nous partirons dès le matin pour aller dans l'île.

Théodore se mit à sauter de joie, et ne dormit pas de la nuit, se levant à tout moment pour voir si le vent ne changeait pas, et adressant de ferventes prières à la sainte Vierge, patronne des matelots et des pêcheurs.

Le lendemain, à l'heure où la brillante étoile du matin pâlit devant les premiers feux du jour, Théodore était levé, il aida sa mère à porter dans le bateau les provisions nécessaires pour le voyage, provisions qui ne laissaient par d'être considérables ; car une fois, une tempête les

avait contraints de demeurer trois jours
dans l'île sans nourriture, et depuis ce
temps ils avaient soin de prendre des vivres pour plus d'une semaine. Sa mère
leur donna une provision suffisante de
pain, de beurre et de lait ; elle y ajouta
une marmite et un pot de terre, pour
qu'ils pussent au moins se faire une bonne
soupe en cas d'accident ; puis elle mit sur
la nacelle le gros manteau de laine de son
mari, pour les préserver du froid, s'ils
étaient obligés de passer une ou plusieurs
nuits dans l'île.

Ces préparatifs achevés, Théodore prit
son beau chapeau de paille que son parrain lui avait acheté au dernier marché,
et auquel Marthe, l'aînée de ses sœurs,
avait attaché un joli ruban vert.

— Théodore, lui dit son père, prends
encore deux paniers, nous en aurons
besoin.

— Pourquoi donc? demanda l'enfant.

— C'est ce que tu verras, lui répondit son père en souriant ; n'as-tu pas assez de confiance en moi pour croire que je sais ce que je dis? Tu fais à mon égard ce que bien des hommes font à l'égard de Dieu ; ils veulent toujours savoir la raison de ce qu'il ordonne ou de ce qu'il fait dans le monde, comme s'il ne fallait pas s'en fier à sa sagesse et croire qu'il connaît son œuvre. Fais d'abord ce que je te dis, mon enfant, et tu verras plus tard que j'avais raison.

Théodore courut bien vite chercher les paniers.

Le père partit alors avec son fils ; la mère et les enfants les conduisirent jusqu'au rivage, où ils leur crièrent longtemps : Bon voyage et bon retour !

Théodore se mit à ramer avec tant d'ardeur, qu'il fut bientôt obligé de quitter sa veste. La traversée fut rapide et heureuse ; ils prirent terre dans un endroit où se trouvaient les plus beaux saules. Aussitôt, sans perdre de temps, le père prit sa cognée, coupa des branches et les réunit en bottes, qu'il porta ensuite dans la barque. Théodore l'aidait avec un courage infatigable.

Ce travail fait, ils s'assirent sur l'herbe, à l'ombre d'un grand chêne, et prirent leur repas.

— Sais-tu bien, dit alors le père à son fils, que mon aïeul a demeuré dans cette île? c'était un homme juste et craignant Dieu ; après avoir passé plusieurs années dans ce désert, il a voulu se rapprocher de ses semblables, et il est venu s'établir sur la côte, où il a bâti la maison que nous habitons encore aujourd'hui.

— Mon bisaïeul a eu raison, dit Théodore ; cette île est belle sans doute, elle est bien ombragée et bien fleurie ; mais il n'y a point d'hommes, et pour rien au monde je ne voudrais vivre dans la solitude.

— C'est sagement parlé, mon enfant, reprit le père ; mais puisque tu aimes tant la société des hommes, c'est une raison pour toi de chercher à te rendre doux et sociable.

Lorsqu'ils eurent achevé leur repas et rendu grâce à Dieu, Philippe dit à son fils :

— Je veux maintenant te causer une agréable surprise : va prendre les deux paniers dans la nacelle.

Après avoir traversé d'épais taillis, ils arrivèrent à une vaste clairière, au milieu de laquelle s'élevait un grand noyer. Cet arbre étendait au loin ses verts rameaux, chargés de noix toutes mûres.

Comme depuis plusieurs années le fruit avait manqué, il n'avait point été question de l'arbre, et Théodore ne le connaissait pas ; sa joie en fut d'autant plus grande en le voyant.

— C'est ton bisaieul qui l'a planté, lui dit son père ; il en a planté bien d'autres encore dans cette île, mais ils sont tous morts de vieillesse, et il ne reste plus que le noyer.

Théodore bénit la main qui avait planté ce bel arbre, et se mit à ramasser quelques noix. Il en ôta le brou avec ses dents, et s'efforça de briser la coquille pour en retirer le fruit ; ce n'était pas chose aisée.

— D'où vient donc, papa, dit-il, que Dieu a recouvert ce doux fruit de deux écorces, l'une si amère et l'autre si dure ?

— Ce n'est pas sans une profonde sagesse, mon enfant, que Dieu a fait cela,

répondit le père : l'enveloppe dure est
destinée à conserver le germe qui doit
produire un si bel arbre ; celle qui est
amère empêche les souris et les autres
animaux de dévorer ce fruit que tu aimes. Mais ce n'est pas tout ; il a voulu
par là nous apprendre à recevoir comme
nous le devons les amertumes et les peines de la vie ; tu ne rejettes certainement
pas ces noix parce que leur enveloppe
est dure et amère ; tu les regardes plutôt comme un bienfait du Créateur, à
cause du doux fruit caché sous l'écorce.
Eh bien ! il faut faire de même à l'égard
des afflictions et des maux : ce que nous
en goûtons d'abord est, à la vérité, plein
d'amertume ; mais allons plus avant, et
nous y trouverons un fruit salutaire.

Ensuite le père monta sur l'arbre et se-
coua fortement toutes les branches les
unes après les autres. Théodore s'em-

pressait de recueillir les noix qui pleu-
vaient sur sa tête et d'en remplir ses deux
paniers ; il ne craignait pas d'abord de
recevoir cette pluie ou plutôt cette grêle
qui tombait sur lui, et ne faisait qu'en rire : mais il finit par en être incommodé,
et se mit à l'écart sans toutefois interrom-
pre entièrement son travail. Dès qu'il avait
rempli un panier il courait le vider au fond
de la nacelle, et revenait sous l'arbre pour
le remplir encore.

— Quel plaisir pour ma mère, disait-
il en levant la tête, de nous voir apporter tant de noix ! quelle joie surtout pour
mes frères et pour mes sœurs, quand je
partagerai avec eux ces fruits ! je jouis d'a-
vance de leur bonheur.

II. — La Tempête.

Pendant que Théodore et son père faisaient la récolte des noix dans la forêt,

ils ne voyaient pas les nuées sombres et
orageuses qui s'élevaient du côté de la
terre. L'enfant venait de rentrer dans la
nacelle pour y vider son panier, quand
tout-à-coup un vent furieux fit craquer les
arbres du rivage, souleva les flots, et em-
porta la nacelle en pleine mer.

Théodore, éperdu, se mit à crier de
toutes ses forces ; le père accourut aussitôt sur le rivage. Mais, hélas ! l'enfant
était déjà bien loin. La mer bondissait
avec un bruit terrible ; tantôt la pauvre
nacelle paraissait au sommet d'une vague,
tantôt elle s'enfonçait comme dans un
abîme d'où elle remontait encore, mais en
s'éloignant de plus en plus. Le père
voyait par intervalles son enfant, qui le-
vait les mains vers le ciel et vers le rivage ;
mais le mugissement des flots et le bruit
des vents l'empêchaient d'entendre ses
cris lamentables. En peu d'instants le ciel

se couvrit de sombres nuages, et une nuit effrayante se répandit sur la mer. La foudre seule éclairait encore par moments de ses losanges de feu cette scène épouvantable, et c'était à la lueur blafarde des éclairs que Philippe apercevait la nacelle ballottée sur les flots, et Théodore qui lui tendait les bras. Quelle situation terrible pour ce malheureux père ! mais du moins il distinguait encore son enfant à la blancheur de sa chemise, il voyait qu'il n'avait pas péri ; il conservait quelque espoir, quand tout-à-coup des torrents de pluie tombant du ciel avec fracas, s'abaissèrent comme un rideau sur les flots et ne lui permirent plus de rien voir. L'infortuné se jeta sous un saule, au pied duquel il passa toute la soirée et toute la nuit dans le plus horrible désespoir.

Cependant la mère et les autres enfants étaient à la maison dans de mortelles in-

quiétudes. En voyant cette tempête sou-
daine, les torrents de pluie et la nuit orageuse qui cachaient la vue de l'île Verte,
la mère devint pâle et tremblante :

— Mes enfants, s'écria-t-elle, priez
Dieu, invoquez la Vierge qui protège les
matelots ! Pourvu que cet affreux orage
n'ait pas surpris votre père et votre frère
en pleine mer ! Oh ! ce serait un malheur
affreux !

Alors elle se mit à genoux avec ses enfants, et pria longtemps avec ferveur.
Quand l'orage fut passé et que l'île Verte
reparut à l'horizon, ils restèrent à la fenêtre les yeux fixés sur la mer, et regar-
dant si la nacelle n'arrivait pas. Ils ne
voyaient rien. La pauvre femme passa la
nuit sans dormir, dans la prière et dans
les larmes.

Le lendemain matin, le ciel était pur
et sans nuages. La mère se remit à la

fenêtre et regarda du côté de l'île jusqu'au milieu du jour. Alors son inquiétude, qui s'augmentait à tous moments,
fut à son comble; elle courut en pleurant chez le pêcheur Thomas, et lui fit
part de ses craintes : le pêcheur les partagea.

— Ce retard m'inquiète aussi, dit-il en
secouant la tête; je vais passer moi-même
dans l'île Verte, et je saurai ce qui les
retient si longtemps.

Il monta aussitôt dans un bateau et fit
force de rames.

La mère et ses enfants attendaient son
retour avec une vive impatience. Le bateau reparut enfin.

— Dieu soit loué! dit la pauvre femme; Thomas ne revient pas seul : tout va
bien.

Dans le transport de sa joie elle courut
au rivage avec ses enfants. Mais bientôt,

quand la nacelle fut arrivée plus près de la terre, elle vit que Théodore n'y était pas.

— Où est donc notre enfant? s'écria-t-elle.

Le père devint pâle comme un mort, jeta sur elle un regard triste et ne répondit pas.

— Un grand malheur vous est arrivé, dit le voisin Thomas : l'enfant n'est plus, il a péri dans les flots. Dieu, qui l'a voulu, savait combien cette perte vous serait amère, il l'a pourtant voulu ! Ce pauvre enfant, continua-t-il en essuyant une larme, c'était mon fils de cœur à moi, et Dieu me l'a pris aussi ; que sa volonté soit faite ! il est plus sage que nous. Tâchons de nous résigner. Théodore est heureux maintenant ; car, malgré ses petits défauts, il avait une bonne âme et une vraie piété ; si Dieu nous l'a ôté c'est pour le mettre dans son Paradis, où il est plus heureux que nous ne le sommes, nous, sur cette terre.

Mais la mère ne pouvait se consoler de cette perte ; sa douleur était inexprimable. Les autres enfants pleuraient et poussaient de grands cris. Ils ne pensaient plus aux défauts de Théodore ; ils ne se souvenaient que de ses bonnes qualités. Le père, abattu lui-même par la douleur, ne pouvait calmer celle de sa famille, et il avait autant que tous les autres besoin de consolations. Avec le temps néanmoins leurs regrets s'adoucirent un peu.

— C'était la volonté de Dieu, disaient-ils ; Dieu nous l'a ôté pour le prendre auprès de lui ; consolons-nous ; un jour dans le ciel nous reverrons notre cher Théodore.

III. — L'Ile aux Rochers.

Cependant Théodore, que ses parents, ses frères et ses sœurs pleuraient comme mort, vivait toujours : il est vrai que sa vie, du moment où la mer l'avait pris pour l'emporter sur ses vagues, n'avait été qu'une longue agonie. La tempête le jeta contre une île hérissée de rochers. Dès qu'il s'aperçut que la nacelle avait touché le sable, il en sortit tout trempé de pluie et d'eau salée, parvint à terre et grimpa sur le rocher le plus voisin. Revenu de ses angoisses mortelles, il jeta un regard sur la mer orageuse et se vit lui-même en sûreté sur la terre. Alors des larmes coulèrent de ses yeux ; il se mit à genoux, et levant ses mains au ciel :

— Seigneur, s'écria-t-il, vous à qui les vents et la mer obéissent, vous avez entendu la prière que je vous adressais

dans les transes de la mort et vous m'avez
sauvé. Soyez béni, mon Dieu ! soyez béni
à jamais !

Alors il chercha des yeux la nacelle,
que les lames violentes avaient poussée
entre deux rochers.

— O Providence ! cria l'enfant, le meilleur batelier n'aurait pas su profiter plus
habilement de cette ouverture pour y mettre la nacelle en sûreté. Les vents et les
flots ont donc de l'intelligence pour m'a-
voir jeté précisément au seul endroit où je
ne devais pas périr ? Un peu plus à droite, un peu plus à gauche, la nacelle était
brisée contre les rochers et je mourais
dans cet abîme. C'est à vous, mon Dieu !
c'est à votre providence adorable que je
dois mon salut. Je vous en remercierai
toute ma vie.

Cependant l'orage se calmait : le soleil
couchant perçait le voile doré des nuages,

l'air était pur et transparent. Théodore
se mit alors à regarder sur la vaste mer
dans la direction de l'île Verte. Après
l'avoir cherchée longtemps, il la décou-
vrit enfin, mais à une telle distance que
cette île, avec ses grands arbres et ses
masses de verdure, ne lui paraissait pas
plus grande qu'un petit tas de mousse
qu'il aurait pu cacher sous son chapeau
de paille. Quant à la terre ferme, il la
voyait encore plus loin, au bout de l'horizon, sur cette limite vague où le ciel et
la mer se confondent. Les plus hautes
montagnes ressemblaient à un nuage à
fleur de terre, d'un bleu sombre et par-
semé de quelques reflets rouges par le soleil couchant. Mais ni la cabane de son
père, ni la colline où elle était bâtie, ni
les arbres qui l'entouraient, ne pouvaient
plus être aperçus.

— Mon Dieu ! s'écria Théodore en

pleurant, comme me voilà séparé de mes
parents, de mes frères et de mes sœurs
par cette immense étendue de mer! ces
rochers, où je suis, ne sauraient être vus
de la terre. Je ne me souviens pas du
moins de les avoir jamais aperçus de notre maison, ni d'en avoir entendu parler.
On disait au contraire que dans cette direction il n'y avait aucune terre à cin-
quante lieues de distance. Mes parents
croient sans doute que j'ai péri dans les
flots ; ils n'auront jamais l'idée de venir
me prendre ici ; il faudra que je me ha-
sarde à traverser la mer sur cette petite
nacelle.

Les dernières vagues s'étaient apai-
sées; la mer, redevenue calme, ne pré-
sentait plus qu'une surface verdâtre et
polie comme un miroir. L'eau, en se re-
tirant, avait laissé la nacelle échouée sur
le sable. Théodore descendit de son ro-

cher et entra dans la barque ; mais quelle fut sa douleur quand il vit les planches du fond déjointes et brisées ! presque toutes les noix avaient roulé sur la grève. Les côtés de la nacelle avaient été si maltraités par la violence du choc en tombant contre les rochers, qu'ils ne tenaient presque plus.

— Mon Dieu ! s'écria le pauvre enfant, cette nacelle ne peut plus servir : les deux rames sont perdues. Me voilà enchaîné pour la vie dans cette île affreuse ; je ne reverrai plus jamais dans ce monde ni mon père, ni ma mère, ni mes frères, ni mes sœurs.

Son premier soin fut de mettre en sûreté les moyens d'existence qu'il avait dans la nacelle ; il ramassa les noix dans un panier et les porta dans une ouverture entre les rochers. Les vases à lait avaient été renversés et brisés par la tempête ; il ne restait qu'une cruche de terre, la marmite et l'écuelle à soupe : il les porta au même endroit, il en fit autant des ustensiles qui étaient dans la nacelle, d'une grande et d'une petite cognée, du manteau, de la veste et des autres objets.

— Quel bonheur pour moi, disait-il, que tous ces objets utiles se soient trouvés dans la nacelle quand la tempête est venue m'emporter !

Il eut soin de détacher successivement toutes les planches de la nacelle, pensant avec raison qu'il pourrait tôt ou tard en avoir besoin ; et comme il craignait que la marée ne les enlevât, il travailla bien avant dans la nuit, aux rayons argentés de la lune qui éclairait doucement la mer et les rochers.

Les fatigues, les terreurs et les angoisses de ce terrible jour l'avaient épuisé ;

ce n'était pas sans inquiétude qu'il se disposait à passer la nuit en plein air, dans une solitude inconnue ; la pensée de l'avenir ne le troublait pas moins ; mais il se dit à lui-même avant de s'endormir :

— Dieu a pris soin de moi jusqu'à ce moment, je dois compter encore sur sa miséricorde ; d'ailleurs son fils a dit aux hommes : Ne vous inquiétez pas du lendemain.

Il fit sa prière du soir, s'enveloppa dans le manteau de son père, et s'endormit en priant la Vierge et les saints de veiller sur lui pendant son sommeil.

IV. — Une Excursion dans l'île.

Théodore, brisé comme il l'était par la fatigue, ne s'aperçut pas de la dureté de sa couche et trouva sur les rochers un repos qu'on ne trouve pas toujours sur le

meilleur lit de plume. A la vérité, il eut
d'abord des rêves effrayants ; le bruit de
la foudre et le mugissement des flots ré-
sonnaient toujours à ses oreilles, il se
croyait encore ballotté sur sa nacelle au
gré de la tempête : il lui semblait bientôt que la barque s'enfonçait dans un
gouffre sans fond, tantôt qu'elle se brisait
avec un fracas épouvantable contre les
rochers, et que lui, renversé dans la mer,
se sauvait péniblement à la nage, et grim-
pait sur une roche escarpée. Ces tristes
images troublèrent son repos une partie
de la nuit, mais il eut au matin un songe
plus agréable ; il rêva qu'il revenait à la
maison de son père : ses parents, ses
frères et ses sœurs étaient réunis au jardin ; il voyait tous les arbres verdoyants
et couverts de fruits dorés, tels qu'il n'en
avait jamais vu de si beaux. Son père,
monté sur un pommier, en secouait les

branches, d'où tombaient de belles pommes qui étincelaient sur le gazon comme
des globes de feu ; la mère et les enfants
s'empressaient de les recueillir dans de jolies corbeilles ; puis, venant à voir Théodore, ils le recevaient avec des cris de joie.
Le père descendait de son arbre et lui tendait la main avec une vive tendresse ; sa
mère, après l'avoir longtemps serré contre son cœur, lui offrait les plus belles
pommes qu'elle avait dans sa corbeille.

Mais au moment où, dans cet heureux
songe, il étendait la main pour prendre
un de ces beaux fruits, il s'éveilla aux cris
des oiseaux de mer, qui, dès le point du
jour, volaient autour des rochers escarpés. Lorsque, en ouvrant les yeux, il vit
les crêtes nues et menaçantes qui pen-
daient sur sa tête, lorsqu'il eut jeté les
yeux sur la vaste mer sans découvrir autre chose que le ciel et l'eau, il se mit

à frissonner et à répandre des larmes
amères.

Voyant une troupe de ces oiseaux qui
s'envolaient du côté de la terre en pous-
sant des cris joyeux :

— Chers oiseaux, dit-il, si vous pou-
viez avertir ma famille, mon père et mon
parrain braveraient tous les dangers pour
venir ici me délivrer !

Cependant il reprit bientôt courage, fit
sa prière du matin et déjeuna. Il résolut
de faire une excursion dans l'île ; peut-
être, se disait-il, que j'y trouverai quelques fruits pour me nourrir, quelque abri
pour me retirer, jusqu'à ce que Dieu me
fasse la grâce de retourner sur la terre
ferme. Il est possible même que je trouve
ici des hommes compatissants qui me ra-
mèneront dans mon pays.

Il remplit sa poche de noix et de pain ;
puis, prenant la plus forte branche de

saule qu'il eût trouvée dans la nacelle, il la raccourcit avec sa cognée et partit pour son voyage de découverte. Cette excursion avait ses difficu....s et ses périls ; plus il avançait dans l'intérieur de l'île, plus les rochers devenaient rudes et escarpés. Le cœur lui manqua quelquefois à la vue des pics menaçants qu'il fallait gravir, et des précipices qu'il fallait descendre ; plus d'une fois il se vit au moment de rouler dans un abîme, et forcé de rebrousser chemin : souvent même le vertige le prenait avec tant de force, qu'il n'osait regarder ni devant ni derrière lui, et qu'il restait comme enchaîné à la même place. Il n'aperçut point de vestiges humains, point de traces de bêtes sauvages.

— O mon Dieu ! s'écria-t-il en levant au ciel ses yeux chargés de larmes, si je reste quelques jours encore dans cette

horrible solitude, il faut que je m'attende
à mourrir de faim.

Cependant il continuait son pénible
voyage, espérant toujours que le pays de-
viendrait meilleur. Les rayons du soleil
étaient brûlants, la sueur coulait à grosses gouttes de son corps, et la soif le
tourmentait; mais où trouver de l'eau
dans ce désert aride?

— Avant de mourir de faim, dit-il,
je vais donc mourir de soif? Seigneur,
ayez pitié de moi!

Il fit encore quelques pas en avant, et
il lui sembla qu'il entendait le bruit d'une
eau courante; il se mit à marcher avec
force dans la direction de ce bruit, et
trouva un petit ruisseau qui coulait avec
vitesse sur un lit de sable et de pierres
polies. L'eau n'était pas abondante, mais
elle était fraîche, vive et limpide; il s'assit auprès de la source et attendit qu'il eût

moins chaud pour boire. Quand il se fut désaltéré, il prit un peu de nourriture et but encore.

— Seigneur, s'écria-t-il, jamais je n'avais apprécié comme aujourd'hui ce bienfait de votre providence ; depuis que vous avez étanché ma soif, ô mon Dieu, je ne crains plus autant de mourir de faim ; car je reconnais maintenant ce que m'a dit souvent ma mère, que chacune de vos faveurs est le gage d'une autre faveur plus grande encore.

Il se mit alors à remonter le cours de ce petit ruisseau, et trouva un bouquet de jeunes sapins d'un vert tendre, au milieu desquels se trouvait la source. Il continua de monter encore jusqu'au sommet du rocher qui était le plus grand de toute l'île ; au bout d'une demi-heure de marche, un spectacle à la fois magnifique et effrayant s'offrit à ses regards : il

avait à ses pieds l'île hérissée de pointes
aiguës et la mer immense qui lui servait
comme de ceinture. Cet aspect le fit frissonner ; la solitude s'élargissait pour
ainsi dire autour de lui, et il se sentait
accablé de cette étendue que ses yeux lui
découvraient.

— Malheur à moi ! s'écria-t-il ; je n'a-
vais pas vu la distance qui me sépare des
hommes. Relégué sur ces rochers stériles
et sauvages, il faut que j'y meure sans
doute. O sainte Vierge Marie ! priez pour
moi

La pensée de Dieu lui rendit la force
et le courage.

— Non, continua-t-il, je ne dois point
me désespérer ; je veux m'établir à la
source du petit ruisseau, je ferai mon lit
sous les sapins qui l'ombragent, et j'y
transporterai tout ce que je possède. Cha-

que jour je viendrai m'asseoir sur cette cime et je regarderai s'il ne passe pas, en vue de l'île, quelque vaisseau qui puisse me ramener dans mon pays.

En disant ces mots il tourna ses regards du côté de la terre ferme ; les derniers feux du soleil coloraient vivement l'horizon lointain ; les montagnes de sa patrie semblaient nager dans l'or et dans la pourpre du soir. Cette vue le toucha profondément et fit couler ses larmes.

— Mon Dieu ! dit-il, j'espère en votre miséricorde ; vous seul pouvez me tirer de cette île, vous me donnerez les moyens d'en sortir. Je mets en vous toute ma confiance.

Consolé par cet espoir, il descendit jusqu'à l'endroit où l'eau sortait du rocher, et se coucha sur un lit de mousse, abrité par les sapins dont l'épais feuillage lui servait de rideaux, il ne tarda pas à fer-

mer les yeux, et dormit d'un profond
sommeil.

V. — Disette.

Théodore passait les journées entières
sur la cime de son rocher, épiant le passage de quelque barque ou de quelque
vaisseau. Après plusieurs jours d'attente
infructueuse, il craignit de mourir de
faim, et résolut de mieux ménager le peu
de provisions qu'il avait encore, afin de
vivre au moins le plus longtemps possible. Il partagea son pain en plusieurs
portions fort petites, dont chacune devait
le nourrir pendant un jour; ce pain déjà
si dur, qu'il ne pouvait le manger qu'a-
près l'avoir longtemps laissé tremper dans
la source. Il compta aussi ses noix avec
plus de soin qu'un avare ne compte ses
pièces d'or, et il n'en mangeait que très
peu chaque jour; cependant, malgré

toute l'économie possible, ses provisions diminuaient : il arriva enfin à son dernier morceau. Le soir il se coucha dans une mortelle inquiétude, et la faim le prit à son réveil.

— Est-il donc possible que je meure de cette manière ? se dit-il à lui-même ; Dieu m'aurait fait vivre jusqu'à ce moment pour m'abandonner ensuite ! oh ! non, il a trop fait pour moi ! Je me confie à sa providence ; il saura me fournir d'autres aliments et me sauver de la mort.

Alors il se mit à chercher partout des racines et des herbes ; mais il ne trouva presque rien, tant le sol était pierreux et stérile ; seulement il vit sur les bords du petit ruisseau beaucoup de cresson sauvage ; il se mit à cueillir et à manger toutes les feuilles vertes et les tiges laiteuses qu'il put trouver depuis la source jusqu'à la mer. Mais cette herbe n'était pas assez nourrissante pour apaiser sa faim. Le pauvre enfant s'assit sur le rivage, et tourna ses yeux humides vers la terre ferme.

— O mon Dieu ! s'écria-t-il, que de bienfaits j'ai reçus de vous sans vous en témoigner, comme je le devais, ma gratitude ! je le reconnais, maintenant que le moindre de vos dons me serait si nécessaire. Là-bas, je voyais le pain sortir miraculeusement de la terre, et les arbres abaisser jusqu'à la portée de ma main leurs branches qui ployaient sous le poids des plus doux fruits ; là-bas coulaient pour moi des ruisseaux de lait et de miel. Sans doute vous m'avez retiré ces biens pour me punir de mon ingratitude, et m'apprendre à mieux apprécier vos bienfaits.

Pendant qu'il parlait ainsi, il aperçut

de joyeux poissons qui nageaient à ses pieds, dans l'eau claire et transparente.

— Ah ! dit-il, si je pouvais en prendre quelques-uns ! mais cela ne m'est pas possible ; il me faudrait des filets, et je n'en ai point. Cependant, Seigneur, il est écrit dans votre Evangile qu'un père ne donne point un serpent à son fils qui lui demande un poisson. Faites, ô mon père, que je vive par la vérité de cette parole.

Et les poissons venaient si près de lui qu'il étendait la main pour les saisir ; mais il ne prenait que le sable doré du rivage. Comme il avait les yeux fixés sur la mer, il vit tout-à-coup un petit oiseau se poser sur une branche de sapin qui se réfléchissait dans l'eau : il avait dans son bec un vermisseau vivant.

— Voilà, Seigneur, comme vous nourrissez les plus petits oiseaux, s'écria

Théodore, donnez-moi donc aussi la nourriture dont j'ai besoin pour ne pas mourir.

Il vit alors l'oiseau qui frappait contre une branche pour tuer le vermisseau; mais celui-ci, en se repliant avec force, parvint à lui échapper et tomba dans la mer, où il fut aussitôt dévoré par un poisson.

— Je n'ai jamais vu pêcher qu'au filet, se dit à lui-même Théodore; mais je crois qu'il n'est pas impossible de trouver quelque autre manière de prendre les poissons : ils aiment beaucoup les vermisseaux : je veux en attacher un au bout d'un fil; un poisson viendra pour le prendre, et je le tirerai sans peine hors de l'eau, dès qu'il aura saisi cette proie.

Il effila le ruban que sa sœur Marthe avait mis autour de son chapeau de paille, tressa un long fil, au bout duquel il attacha un petit ver de terre, et jeta cette espèce de ligne à ses pieds ; mais le poisson ne mordit pas. Théodore comprit que son fil n'était pas assez avancé dans la mer, et qu'il fallait l'attacher à son bâton de saule pour lui donner plus de longueur. Cela fait, il le remet à l'eau, et, voyant un poisson qui accourait pour saisir la proie, il retira sa ligne, mais il ne trouva ni poisson ni vermisseau.

— Je vois pourquoi, pensa-t-il ; c'est qu'il faudrait au bout de ce fil quelque chose qui retint le poisson.

Après un moment de réflexion, il prit une des épingles qui avaient servi à attacher le ruban de son chapeau de paille, et la recourba en forme d'hameçon ; puis il y mit un vermisseau et jeta sa ligne à la mer. Un petit poisson mordit aussitôt l'appât ; Théodore, sans perdre de temps, retira son fil et vit un joli petit poisson argenté se débattre au bout de la ligne. Après l'avoir détaché il remit un autre ver à l'hameçon et fut aussi heureux que la première fois ; au bout d'un quart d'heure, il avait pris une demi-douzaine de poissons.

Avec quelle joie il se rappela qu'il avait retiré de la barque un briquet, une pierre à feu et de l'amadou ! Il rassembla aussitôt des branches mortes et des feuilles sèches, et alluma du feu pour faire cuire ses petits poissons. Lorsqu'ils furent grillés et qu'il sentit le doux parfum qui s'exhalait de leur chair, il se mit à genoux et ne se releva pour les manger qu'après avoir adressé à Dieu de ferventes actions de grâces.

Chaque jour il mettait à profit son heureuse invention : il songea même à la perfectionner. Voyant de gros poissons

qui nagaient à quelque distance du rivage, il pensa qu'avec un hameçon plus
fort et un fil plus gros, il pourrait aussi
les prendre. Il choisit un des clous qui
se trouvaient en grand nombre aux planches de la nacelle, et, après l'avoir aiguisé sur une pierre, il lui donna la forme
d'un hameçon. Un gros mouchoir de toile
lui servit à tresser une ficelle assez longue et assez solide pour le but qu'il se
proposait. Il coupa un jeune sapin pour
en faire une perche, et réussit à prendre
de gros poissons.

Bientôt il s'aperçut qu'il pouvait mieux
faire encore : il arrivait très souvent
qu'un poisson, déjà pris à la ligne et sus-
pendu en l'air, parvenait à retomber
dans l'eau en se débattant. Théodore ima-
gina d'armer ses hameçons de petits cro-
chets : ce fut un long travail ; il n'avait
ni lime, ni marteau, ni tenailles, ni en-

clume; il n'avait que deux cognées et un couteau. Cependant, à force de persévérance et de réflexion, il vint à bout de ce qu'il avait entrepris.

Plus tard un petit morceau de bois, qui se trouvait par hasard sous la ficelle de sa ligne, lui fit faire une autre découverte. Il vit que ce bois empêchait l'hameçon de descendre jusqu'au fond de l'eau, ce qui rendait sa pêche moins pénible; car le soin de tenir toujours sa ligne à la même hauteur ne laissait pas de le fatiguer beaucoup; il fallait avoir continuellement l'œil attentif et le bras tendu. En attachant ce morceau de bois à l'extrémité de la ficelle, il rendit sa pêche aussi facile qu'amusante; il n'avait plus qu'à suivre des yeux ce corps léger, dont les mouvements l'avertissaient dès qu'un poisson venait pour saisir l'appât. L'expérience et la réflexion lui apprirent en-

core bien d'autres choses, et le pauvre
enfant remerciait Dieu d'avoir donné à
l'homme un esprit capable de découvrir
tant de combinaisons utiles. Il ne tarda
point à faire une autre découverte non
moins précieuse.

Avec la ressource de la pêche, sa vie
lui paraissait désormais assurée, et chaque matin il prenait la quantité de poisson qui devait le nourrir pendant la journée, sans penser à faire des provisions
pour le lendemain. Mais un jour une affreuse tempête se déchaîna sur la mer;
les vagues émues bondissaient avec fureur
sur le flanc des rochers; le pauvre enfant n'osa pas même approcher du rivage, où d'ailleurs il n'eût pas été possible
de prendre aucun poisson. Il souffrit ainsi
de la faim jusqu'à ce que la mer fût redevenue calme. Cette leçon lui donna idée
de se prémunir contre de pareils acci-

dents ; il détourna l'eau de sa source dans une cavité naturelle qui se trouvait à quelques pieds de distance, et fit un petit vivier où il gardait toujours une provision suffisante de poisson ; par ce moyen sa vie se trouvait assurée.

— Que je suis heureux ! s'écriait-il ; maintenant je ne crains plus de mourir de faim. Soyez béni, mon Dieu, pour tant de bienfaits ! Je puis rester dans cette île aussi longtemps qu'il vous plaira ; cependant j'espère toujours que vous me ferez la grâce d'en sortir.

VI. — La Grotte.

Le besoin d'assurer sa subsistance avait fait quelque diversion au désir qu'avait Théodore de retourner auprès de ses parents ; mais, une fois tranquille de ce côté, il ne songea plus qu'à sortir de l'île. Chaque jour il montait sur son rocher et passait de longues heures à regarder au loin dans toutes les directions s'il ne voyait pas venir quelque vaisseau.

Un matin il aperçut à deux lieues en mer un grand navire marchand qui voguait avec vitesse, et dont les voiles déployées se coloraient des premiers feux du soleil. A cette vue, Théodore fut saisi d'un transport de joie. Tremblant de crainte et d'espérance, il resta quelque temps les yeux fixés sur ce navire ; il courut ensuite chercher une longue perche à laquelle il attacha son mouchoir rouge, et il se mit à l'agiter au-dessus de sa tête en signe de détresse. Le vaisseau marchait droit dans l'île et le pauvre enfant pleurait déjà de bonheur ; mais quel fut son désespoir, quand il le vit tout-à-coup changer de route, avant d'avoir pu distinguer le signal, et s'éloigner à toutes voiles !

Théodore le suivit des yeux jusqu'à ce qu'il eût disparu à l'horizon, puis il retomba sur le rocher, sans force et désolé. Cependant, après avoir versé des larmes amères, il se sentit un peu soulagé. Une parole que son père lui avait dite ne contribua pas peu à lui rendre le courage.

— Oui, dit-il, mon père avait raison : il arrive souvent que Dieu nous retire son secours lorsqu'il était déjà tout près de nous ; mais c'est pour éprouver notre patience et notre foi ; tout ce qu'il fait est pour notre bien, soit qu'il nous délivre, soit qu'il nous laisse dans notre misère, et nous devons bénir en tout sa main paternelle. Pardonnez-moi, Seigneur, les pleurs que je viens de répandre, et qu'il soit fait de moi selon votre sainte volonté.

Cependant il conservait toujours l'espérance de voir un autre vaisseau passer

devant l'île. Mais bientôt la saison devint
plus rude ; les pluies d'automne arrivèrent, et le pauvre Théodore n'eut plus
un endroit sec pour reposer sa tête.
Cette saison pluvieuse passa, mais pour
faire place à l'hiver, dont les vents gla-
cés commencèrent à souffler avec violence ; le malheureux enfant souffrait plus
encore du froid qu'il n'avait souffert de
l'humidité.

— Hélas ! s'écria-t-il un matin en secouant ses membres engourdis, que sera-
ce donc en plein hiver ? Si je n'ai pas
d'autre abri que ces arbres, d'autre coucher que cette mousse humide, je mour-
rai certainement.

Alors il se mit à parcourir les rochers
pour y trouver quelque retraite ; entre
deux éminences qui se trouvaient dans
cette partie de l'île, il y avait une petite
vallée profonde et verdoyante qu'il se

plaisait souvent à regarder d'en haut,
mais dont il n'avait pu jusqu'alors découvrir l'entrée. Cette fois il voulut y descendre à tout prix ; après de longues re-
cherches, il trouva dans le roc un étroit
sentier qui menait au petit vallon. A peine
y avait-il fait quelques pas, qu'il vit une
grotte assez large dont l'entrée était mas-
quée par de vieux sapins.

A cette vue, sa joie fut extrême : il
voulut s'établir le jour même dans cet
asile. Son premier soin fut de cueillir
une grande quantité de mousse qu'il fit
sécher au soleil et qu'il porta dans la
grotte. Cette couche molle dans un lieu
chaud lui fit passer une excellente nuit.

Le lendemain, il s'occupa de complé-
ter l'arrangement de son petit ermitage ;
il y transporta d'abord tous les ustentiles
qu'il avait retirés de la nacelle, et la provision de bois qu'il avait déjà faite pour

l'hiver ; il essaya d'allumer du feu dans
la grotte ; mais la fumée ayant failli l'é-
touffer, il se mit à construire une espèce
de porte à claire-voie, dont il remplit les
vides avec de la mousse ; deux troncs de
sapins qu'il enfonça dans la terre lui ser-
virent de poteaux, et il trouva le moyen
de monter sa cloison sur des gonds en
osier. De cette manière il n'avait jamais
froid pendant la nuit.

A quelque distance de la grotte, il
trouva un endroit sec et recouvert par
une roche en saillie, où il établit son foyer.

Comme il avait toujours besoin de feu
pour faire griller ses poissons et pour se
réchauffer au retour de la pêche, il ne le
laissait jamais éteindre. C'était une douleur pour lui d'être obligé de recourir à
son briquet. Quant à ses allumettes, il
les gardait comme un trésor inestimable
dans la position où il se trouvait.

— Seigneur, s'écriait-il parfois, quand on n'a pas vécu dans la solitude, on ne sent pas le prix de vos bienfaits ; voilà pourquoi les hommes se montrent si souvent ingrats et infidèles.

Un matin, en sortant de la grotte, il vit qu'il était tombé de la neige pendant la nuit ; quelques jours après, les rochers et les sapins étaient couverts d'une gelée blanche.

— C'est l'hiver ! s'écria-t-il ; oh ! que je suis heureux d'avoir une grotte bien chaude pour me retirer la nuit, et du bois pour me chauffer pendant le jour.

Cependant, lorsque par les longues soirée d'hiver, assis sur la chaise grossière mais commode qu'il avait fabriquée avec des branches de saule, il se réchauffait à son feu pétillant dont la fumée s'élevait en colonnes vers le ciel, ni les beaux reflets de la flamme dans la vallée ni les

rochers couverts de givre, qui étincelaient
à ses yeux comme des diamants, ni le
bruit harmonieux des vents d'hiver, qui
sifflaient sur sa tête, ne pouvaient le consoler de sa solitude.

Il ne voyait que le foyer paternel, et
ses yeux se remplissaient de larmes au
souvenir de ces soirées qu'il avait passées
dans sa famille ; rien ne pouvait l'en distraire ; il avait ces douces images toujours présentes à son esprit : son père,
assis au milieu de la chambre, tressait
des paniers, en racontant quelque histoire
du vieux temps ou quelque sainte légen-
de ; sa mère faisait des filets, ses sœurs
filaient le chanvre, ses petits frères et lui
dépouillaient les branches de saule.

Pour adoucir l'amertume de ses regrets,
il entreprit divers petits travaux. Il fit
une table avec les planches de la nacelle
et la plaça contre la paroi du rocher ;

plus tard même il la couvrit d'un toit de
planches, qui lui permettait d'y travailler et d'y prendre ses repas malgré la
pluie.

Il fit encore bien d'autres ouvrages ; il
débarrassa l'entrée de la grotte des pierres qui l'obstruaient ; il rendit plus commode le sentier qui menait à la source, et
ménagea de petits escaliers sur les pentes
les plus rapides.

Au retour du printemps il cherchait à
découvrir parmi les rochers les nids des
mouettes, des judelles et des autres oiseaux de mer ; les œufs bigarrés qu'il
trouvait dans ces nids lui fournissaient
un mets d'autant plus délicieux qu'ils lui
rappelaient, par la variété de leurs couleurs, ceux qu'on distribue aux enfants à
cette époque de l'année, et que l'on
nomme les œufs de Pâques. Il ne manquait d'ailleurs ni de cresson sauvage ni

d'autres herbes de fontaine, et le sel marin qu'il trouvait sur la grève lui donnait un agréable assaisonnement. Il mangeait peu, mais il se portait bien, et son corps se développait de jour en jour.

— Qu'il faut peu de chose, disait-il, pour entretenir la vie, la santé et la force !

Dans ses moments perdus, il recueillait des perles et des coraux sur le bord de la mer, et les mettait dans de petits paniers de jonc qu'il avait tressés.

— Ces perles et ces coraux, se disait-il à lui-même, ne peuvent me servir à rien dans cette île ; mais si je suis assez heureux pour en sortir, j'en donnerai une partie à ceux qui m'auront sauvé, et le reste à mes frères et sœurs, qui n'auront jamais vu d'aussi jolies choses.

VII. — Les Pensées de la solitude.

Grâce à la vivacité de son esprit et à
ses occupations continuelles, Théodore
vivait sans trop d'ennui parmi ses rochers. Seulement, il sentait profondément le malheur de n'avoir personne avec
qui il pût s'entretenir, et songeait à sa
famille. Ses parents, ses frères et ses
sœurs étaient sans cesse présents à son
esprit pendant le jour, et il les voyait la
nuit dans ses rêves. Une fois son père
lui apparut en songe d'une manière bien
frappante : il lui semblait que, du haut
de son rocher, il le voyait distinctement
à l'horizon lui faire signe et l'appeler avec
un doux sourire. L'impression fut si vive
qu'il s'éveilla en sursaut pour regarder
autour de lui ; mais il ne vit plus que les
ténèbres de la nuit, et n'entendant que
la pluie et le vent qui sifflaient à l'entrée

de la grotte, le pauvre enfant se prit à pleurer.

— Ce bon père, s'écria-t-il, je viens de le voir, et mon rêve ne m'a point trompé ; je sais qu'il m'appelle en effet, qu'il m'attend, et que plus d'une fois ses yeux sont tournés vers la mer pour lui redemander son enfant. Mais nous nous reverrons encore, oh ! oui, nous nous reverrons, Dieu ne permettra pas que nous soyons toujours séparés.

Mais, dans ces heures d'angoisses et d'abattement, l'éducation chrétienne qu'il avait reçue était pour lui une source inépuisable de consolations. Ces seules paroles : *Notre Père qui êtes dans les cieux,* lui rendaient le courage et le remplissaient d'une sainte joie.

— Je ne suis point orphelin, s'écriait-il, car Dieu est le père de tous les orphelins ; quoique le ciel soit plus particulièrement le trône de sa gloire, il est néanmoins présent partout, et nous ne pouvons jamais être séparés de lui ni par la mer, ni par les montagnes, ni par aucune distance. Mon père, qui demeure là-bas, à l'horizon, m'aime be..coup, sans doute ; mais mon père céleste m'aime encore plus. Il me voit, il m'entend, il me protège à toute heure ; il connaît tous mes besoins et toutes mes pensées. Je puis m'entretenir avec lui nuit et jour, lui demander des grâces et le remercier de celles que j'ai déjà reçues. Il est vrai que je ne le vois pas face à face, comme je voyais mon père terrestre, et qu'il ne me parle pas de la même manière que les hommes se parlent entre eux ; mais son amour se révèle à moi par des bienfaits sans nombre ; c'est lui qui m'inspire toutes mes bonnes pensées, qui fait descendre dans mon âme la consolation. Avec quelle tendresse il a veillé sur moi depuis que je suis dans cette île ! Que je suis heureux de le connaître et de l'aimer ! je ne suis point seul parmi ces rochers arides ; j'ai en Dieu un protecteur, un ami, plus puissant que tous les rois du monde, plus tendre qu'un père, plus dévoué qu'une mère, plus affectueux que des frères et des sœurs.

Théodore faisait tous les jours ses prières du soir et du matin, avec plus de recueillement qu'il ne les faisait autrefois dans sa famille. Il priait aussi avant et après chaque repas. Comme rien dans sa profonde solitude ne venait le distraire, et qu'il n'avait sous les yeux qu'un petit nombre d'objets toujours les mêmes, il considérait plus attentivement chaque chose, et apprenait d'autant mieux à connaître Dieu par ses œuvres.

Chaque matin il montait sur la cime

de son rocher pour voir lever le soleil :
quand le ciel et la mer se coloraient d'une
éclatante rougeur, que les nuages bril-
laient comme la flamme d'un vaste incendie, et qu'enfin le soleil montait comme
un globe de feu, ce beau spectacle inon-
dait son âme de reconnaissance et d'a-
mour pour son auteur, il tombait à genoux et priait avec enthousiasme.

— Que cet astre est magnifique ! disait-il parfois ; pourtant, Seigneur, je
sais que sa lumière n'est que l'ombre de
la vôtre, et que sa chaleur est froide en
comparaison de ces rayons invisibles dont
vous pénétrez les âmes. Un nuage peut
m'ôter la vue du soleil ; si je descends au
fond de la vallée, il ne m'échauffe plus et
je le cherche en vain, tandis que vous, ô
mon Dieu, vous êtes présent partout, et
rien ne peut s'interposer entre vous et
l'homme que vous aimez.

Théodore se plaisait aussi beaucoup à contempler la lune et à la suivre dans ses phases; il s'étonnait de n'y avoir fait jusqu'alors aucune attention. Par les belles nuits d'hiver, il admirait cette multitude infinie d'étoiles que la main du Seigneur a semées dans le ciel comme une poussière d'or et d'argent. Il montait sur la pointe de son rocher pour admirer à son aise ce beau spectacle. A force d'attention, il reconnut que certaines étoiles se levaient, se couchaient ainsi que le soleil, et parcouraient le même espace que lui. Il en remarqua d'autres qui décrivaient un moindre cercle et ne se couchaient jamais. Il s'aperçut aussi que tout le système planétai e semblait se mouvoir autour d'une étoile immobile; que chaque soir ces corps célestes se levaient un peu plus tôt; que tous les mois il en paraissait de nouveaux, qu'au bout d'un an les premiers redevenaient visibles. Ces petites découvertes astronomiques lui causaient un vif plaisir, et il disait :

— Oui, Seigneur, les cieux racontent votre gloire, et le firmament proclame les œuvres de vos mains.

Si de la voûte céleste il ramenait ses yeux sur la terre, il y trouvait aussi de nombreux sujets d'étude et d'admiration.

— Ces jolies fleurs jaunes et blanches, disait-il, par un beau jour de printemps, brillent parmi ces gazons comme les étoiles dans l'azur du ciel, et leurs pétales ressemblent à des rayons de lumière.

Mais ce qui l'intéressait plus encore que leurs belles couleurs, c'était de voir l'appareil merveilleux de leur reproduction, et la semence renfermée dans leurs pistils. Il se rappelait que dans son enfance il aimait à souffler sur ces petites boules cotonneuses dont les débris se dispersaient dans l'air. Mais alors, ce qui n'avait été pour lui qu'un jeu d'enfant, devenait une étude sérieuse et pleine d'intérêt.

— Dans ces petites fleurs, je découvre la sagesse et la bonté de Dieu. Chacune des semences renfermées dans ces capsules si légères est comme une petite nacelle garnie de voiles que le vent pousse à travers les airs et disperse en tous lieux.

Voilà comment ces plantes et ces fleurs, dont quelques-unes servent à me nourrir, sont venues dans cette île et tapissent les flancs de ces rochers.

Il faisait la même observation sur les sapins, qui étaient les seuls arbres qu'il trouvât dans son aride séjour. En détachant avec son couteau les écailles de leurs fruits bruns et brillants qui avaient servi de jouets à son enfance, il trouvait sous chacune d'elles deux petites semences ailées.

— Il faut bien, disait-il, que le vent les ait apportées de la terre ferme, car autrement elles n'auraient jamais atteint la cime de ces rochers.

Il remarquait aussi combien les racines de ces arbres étaient heureusement disposées pour s'attacher aux pierres et aux crevasses de ces montagnes stériles : il admirait leurs tiges droites comme des cierges, mais souples comme des roseaux, de sorte que les vents et les orages les courbent de côté et d'autre sans les briser. Il aimait aussi leur verdure sombre, qui ne se flétrit pas en hiver comme celle des autres arbres, et où les petits oiseaux trouvent un asile contre la neige et les frimas. L'azur du ciel lui semblait aussi plus doux, la lune lui paraissait plus blanche quand il la regardait à travers l'épais feuillage des deux sapins qui s'élevaient à l'entrée de la grotte.

C'est ainsi qu'en examinant toute chose avec attention, il découvrait dans les œuvres du Créateur une beauté surprenante qu'il n'avait jamais soupçonnée. Quelquefois il prenait un brin de mousse et le regardait au soleil.

— Cette mousse, disait-il, est encore une merveille qui prouve la sagesse et la bonté de Dieu. Il est impossible de voir un travail plus fin et plus délicat. Tous les tissus faits de la main des hommes sont rudes et grossiers en comparaison. Quelles jolies boîtes ! ajouta-t-il en considérant les petites capsules qui contiennent la semence. On dirait de petits calices presque imperceptibles : quand la semence est mûre, le couvercle se détache, et le vent la disperse au loin. Voilà comment on la trouve partout en si grande abondance : elle arrache sa nourriture aux plus rudes rochers et les revêt d'une douce verdure. Elle fournit une couche molle aux petits des oiseaux, et à moi-même un lit agréable sans lequel j'aurais passé de tristes nuits dans cette solitude. Il est donc bien vrai de dire, Seigneur, que, depuis le soleil jusqu'au grain de poussière, depuis le haut sapin jusqu'à l'humble mousse qui rampe sur le flanc des rochers, tout manifeste votre puissance, et qu'il est impossible de faire un pas, même dans la plus profonde solitude, sans vous trouver partout.

Mais, malgré cette habitude de penser à Dieu et de le voir dans toutes ses œuvres, Théodore n'en regrettait pas moins de ne pouvoir l'adorer dans une église : bien souvent il se rappelait celle de son village, où le bon curé célébrait le saint sacrifice de la messe ; il voyait sa

place vide à côté de ses parents et de ses
frères et sœurs; il croyait entendre de
loin les sons religieux de l'orgue, s'éle-
vant sous la voûte gothique avec la voix
grave des chantres et des fidèles qui bé-
nissent Dieu. Pour adoucir l'amertume de
ce regret, il avait fait plusieurs croix avec
des branches de sapin, et les avait placées en divers endroits de son île; ce signe adorable de notre rédemption l'exci-
tait à la prière, et le rapprochait en quelque sorte des hommes.

Ses parents avaient songé de bonne
heure à orner sa mémoire de belles prières et de sages sentences tirées de l'Ecri-
ture sainte; il se félicitait de ne les avoir
point oubliées : comme il n'avait aucun
livre dans sa solitude, elles étaient pour
lui un véritable trésor. Il les répétait souvent, dans la tristesse ou dans la joie,
pour demander à Dieu des grâces ou pour

le remercier de celles qu'il avait reçues ;
il y trouvait à tous moments des sujets
de réflexions utiles et de pieuses médita-
tions. De cette manière il faisait chaque
jour de nouveaux progrès dans la vertu et
dans la piété.

VIII. — Peines et Travaux.

Théodore, depuis son arrivée dans l'île,
avait joui d'une santé parfaite ; mais un
jour, en courant sur la grève, son pied
rencontra un coquillage pointu qui lui fit
une profonde blessure. La fièvre le prit
aussitôt ; et il eut toutes les peines du
monde à gagner sa grotte, où il se laissa
tomber sur son lit de mousse. Alors le
malheur de la solitude s'offrit à lui sous
un aspect nouveau. Il était malade, sans
force, tourmenté d'une fièvre brûlante,
privé de tout secours, et manquait même
de linge pour panser sa plaie, qui pouvait

s'envenimer. Heureusement il n'avait pas
faim, car il lui eût été impossible d'ap-
prêter sa nourriture.

— Hélas ! disait-il en lui-même, quand
j'étais malade à la maison, je ne man-
quais de rien. Mon père courait chercher
un médecin, et ma mère se tenait auprès
de mon lit, m'exhortant avec tendresse à
prendre les remèdes qui devaient me gué-
rir ; mes frères et mes sœurs s'empressaient de m'apporter ce dont j'avais besoin, et faisaient tous leurs efforts pour
me distraire et me consoler. Mais ici je
suis seul, tout seul ! Oh ! pourvu que je ne
meure pas dans cette île déserte !

Puis il versait des larmes brûlantes et
priait avec ferveur. Mais en se rappelant
ce que son père et sa mère faisaient pour
lui dans ses maladies, il se souvint en
même temps qu'au lieu de répondre à
leur amour par sa reconnaissance, il les

avait souvent affligés par son esprit volontaire et opiniâtre : il se reconnaissait aussi des torts réels envers ses frères et ses sœurs, qu'il avait plus d'une fois blessés par des paroles dures et offensantes.

— Seigneur, disait-il, j'ai péché contre eux et contre vous ; je vous remercie de m'avoir fait apercevoir mes fautes, et je vous demande la grâce de les effacer par mes larmes : si vous permettez que je retourne un jour auprès de mes parents, je veux être pour eux tout amour et tout reconnaissance, afin de leur faire oublier les torts de ma conduite passée.

Au bout de quelques jours, Théodore se trouva mieux ; la fièvre le quitta peu à peu, et sa blessure se ferma. Bientôt il put sortir et reprendre ses petits travaux. Ce rétablissement le remplit d'une nouvelle confiance en Dieu.

Pour prévenir le retour d'un accident
pareil à celui dont il avait tant souffert,
son premier soin fut de se faire une espèce de chaussure. Il prit une des planches qui lui restaient de la nacelle ; puis,
à l'aide de son couteau et de sa cognée,
il parvint à se tailler deux semelles qui
étaient solides et légères à la fois. Le cuir
de ses vieux souliers lui fournit des courroies pour les attacher à ses pieds, et
bientôt il se vit chaussé d'une paire de
sandales aussi propres que l'imperfection
de ses instruments le permettait.

Il dut songer aussi à renouveler son
vêtement, qui tombait en lambeaux et ne
le garantissait plus du froid. Le manteau
de son père était trop long pour qu'il pût
le porter hors de la grotte.

— J'en ferai, dit-il, une robe qui des-
cendra jusqu'à terre, comme celle d'un
ermite ; ce sera un vêtement complet, le

plus commode à la fois et le plus facile à coudre : mais où trouver une aiguille, du fil et des ciseaux ?

Après quelques moments de réflexion, il prit un clou sans tête et se mit à l'aiguiser ; mais le plus difficile était d'y percer un trou. Par un heureux hasard, il avait remarqué que les forgerons faisaient rougir le fer pour le travailler avec moins de peine, et le plongeaient ensuite dans l'eau froide pour le rendre très dur. Il fit comme eux, et, après bien des efforts, il eut une aiguille passable, plus propre toutefois à coudre des ballots que des habits ; mais il ne devait pas y regarder de si près. En effilant un vieux bas, qui depuis longtemps était hors de service, il se procura du fil, et son couteau, bien aiguisé sur une pierre, lui tint lieu de ciseaux.

C'était tout ce qu'il lui fallait ; sa robe

fut bientôt faite et il la mit sur ses épaules : la corde qui avait servi autrefois à attacher la barque lui fournit une ceinture pour la serrer autour de ses reins.

Un dernier travail lui restait à faire, mais c'était le plus aisé ; son chapeau de paille était si délabré qu'il ne pouvait plus lui servir. Il essaya d'en tresser un autre avec des branches de genêt, ce qu'il exécuta sans peine, parce qu'il avait souvent fait des paniers et des corbeilles, en travaillant avec son père.

Quand il eut achevé toutes les parties de son costume, il s'en revêtit, et alla vers le rivage pour se regarder dans la mer, qui était calme et unie comme un miroir. Il ne put s'empêcher de rire à la vue de son bizarre accoutrement.

— Il est impossible, se dit-il à lui-même, de mieux ressembler au bon ermite que j'ai vu quelquefois à la maison ; je

voudrais seulement pouvoir, comme lui,
visiter mes bons parents, et la honte ne
m'empêcherait pas de paraître devant eux
dans ce costume ; cette robe est grossière, sans doute, et surtout mal faite ; mais
elle me garantit du froid tout aussi bien
que le ferait une autre mieux cousue et
d'un drap plus fin. Ce chapeau est aussi
d'une couleur singulière, mais il me préserve de la pluie et du soleil ; quant à
mes sandales, je suis trop heureux de
les avoir, et je remercie Dieu de tous ces
dons.

En travaillant à ses habits, Théodore
eut l'occasion de faire une foule de réflexions intéressantes.

— Avant de venir dans ce désert, disait-il, je n'avais jamais pensé aux avantages que l'homme trouve dans la société
de ses semblables. Que de travaux ne
faut-il pas pour lui fournir les habits que

je portais dans ma famille ! Prenons pour
exemple mon vieux chapeau de paille :
avant qu'une seule tige de blé puisse
croître dans le sillon, le laboureur a besoin d'une charrue ; le fer de cette charrue a été pris dans les entrailles de la
terre, puis on l'a fondu et forgé dans une
usine : mais que de mains ont travaillé
pour faire les instruments et les machi-
nes employés dans les mines, dans les
forges, dans les usines ! Pour fabriquer
les roues de la charrue il a fallu un char-
ron, du bois, des outils ; pour les ferre-
ments de ces roues et de la charrue il a
fallu un forgeron avec des soufflets, des
marteaux, des tenailles, une enclume,
du charbon, toutes choses qu'il n'a pu
faire lui-même et qui ont demandé le
concours d'un nombre infini de person-
nes. Pour mettre les chevaux à la charrue, on a eu besoin de courroies, de cor-

des et de tout le reste ; ce qui suppose
encore bien des bras en mouvement. La
charrue faite, il fallait ouvrir la terre,
la herser, l'ensemencer, puis couper les
épis, les battre dans les granges et en
retirer le grain avant que le fabricant
de chapeaux reçut a matière propre à son
travail.

Théodore se représentait de même tout
le travail que demandait la fabrication des
draps et des toiles, avant qu'on pût prendre l'aiguille et confectionner un vêtement complet.

— Mais une aiguille même, ajoutait-
il, que de peines et de travaux ne coûte-
t-elle pas à faire ! Je viens de l'éprouver
par moi-même ; cependant rien n'est
moins cher dans les villes, parce que les
hommes savent s'aider entre eux. C'est
ainsi que Dieu a disposé les choses pour
apprendre aux hommes qu'ils sont frères,

et qu'ils doivent s'aimer entre eux. Oh !
je le remercie de m'avoir amené dans
cette île pour me faire comprendre ces
vérités mieux que je ne l'aurais pu au
milieu des hommes que j'ai vus souvent
se conduire comme s'ils les ignoraient.
Que Dieu m'accorde jamais la grâce de
retourner parmi eux, et je leur dirai combien on est malheureux dans la solitude,
et je travaillerai de toutes mes forces
pour contribuer au maintien de l'ordre
général.

X. — Un grand Malheur.

Rendu à la santé et revêtu d'un habil-
lement complet, notre petit ermite re-
trouva tout le calme et tout le bonheur
dont il pouvait jouir dans son île. Cependant le désir de revoir ses parents l'avait
repris avec plus de force ; plusieurs fois
dans le jour, il montait sur la pointe de

son rocher pour épier le passage des
vaisseaux. Il en voyait souvent qui venaient droit sur l'île, et alors son cœur
palpitait de joie ; mais un instant après
il les voyait tourner à droite ou à gauche
et changer de route, comme pour éviter
une passe dangereuse. Théodore finit par
découvrir ce qui les éloignait : tout alen-
tour, la mer était semée de récifs et de
rochers à fleur d'eau, et c'était pour ne
pas se briser contre ces écueils que les
marins changeaient de direction. Un jour,
surtout, il en eut la preuve la plus con-
vaincante : un navire qui s'était plus ap-
proché de l'île que tous les autres, s'ar-
rêta soudain, cargua ses voiles et se di-
rigea d'un autre côté à force de rames.
Le pauvre Théodore fut très affligé de cette
découverte, mais il finit par se résigner
à son malheur.

— C'est la volonté de Dieu, se dit-il à

lui-même que je reste encore dans cette île, je ne dois pas en murmurer. J'attendrai sans plainte le jour et l'heure qu'il a marqués pour ma délivrance ; je prierai seulement la sainte Vierge Marie d'intercéder pour moi auprès du Tout-Puissant, pour que ce jour et cette heure viennent le plus tôt possible.

Pensant alors qu'il aurait encore à passer au moins un hiver dans son île, Théodore se mit à faire de nouvelles provisions et à couper une grande quantité de sapins qu'il fendit et entassa le long d'un rocher tout près de sa grotte. Il eut soin de recueillir aussi le plus qu'il put de branches sèches et menues, qui devaient lui servir à allumer plus vite et plus facilement son feu.

Un jour, un sapin qu'il venait d'abattre à coups de cognée tomba dans un précipice ; il y descendit et travailla longtemps à dépecer l'arbre pour en faire des bûches : vers midi, comme il avait faim, il chargea sur ses épaules une partie de son bois et reprit le chemin de sa grotte. Mais quel fut son effroi lorsqu'en remontant du précipice il vit des nuages de fumée s'élever dans l'air, et deux flammes droites et épaisses comme des tours s'élancer du milieu des rochers au pied desquels était son habitation !

Comme il avait plus d'une fois entendu parler de volcans et de ces montagnes qui vomissent du feu par intervalles, il craignit d'abord que ce ne fût quelque phénomène semblable ; il jeta son fardeau, et s'approcha en tremblant de l'étroit vallon, qui était tout rempli de flamme et de fumée. Ce qui le rassura pourtant un peu, ce fut de voir que le feu ne sortait point du sein de la terre ; bientôt après il conçut la véritable cause de cet accident .

c'était le vent qui avait poussé quelques
étincelles sur l'amas de feuilles sèches
qu'il avait placées trop près du foyer ; elles s'étaient allumées, et l'incendie avait
gagné successivement le tas de bûches,
la table, la chaise, le toit de planches et
même les deux sapins, qui brûlaient en
ce moment comme deux torches enflam-
mées.

Le pauvre enfant ne comprit pas d'a-
bord toute l'étendue de son malheur, il
se reprocha néanmoins son imprudence
et le peu de précautions qu'il avait pri-
ses contre le feu. Ses ustensiles de cui-
sine, ses meubles, tout son bois avaient
péri.

— Hélas ! s'écria-t-il, ma marmite
est brisée, je ne pourrai plus faire bouil-
lir de poissons. Je n'ai plus de cruche,
et toutes les fois que je voudrai boire il
me faudra courir à la source ; plus de

chaise, plus de table, plus de toit pour m'abriter pendant les jours de pluies!

Mais ce n'était pas tout ; il ne tarda pas à s'apercevoir que ses lignes, qu'il avait suspendues sous le toit de planches pour les garantir de l'humidité, avaient été consumées par le feu.

— O mon Dieu! s'écria-t-il, que je suis malheureux! ces lignes étaient mon seul moyen d'existence. Que faire maintenant? je ne puis les remplacer. J'ai usé toute la toile que j'avais pour en faire du fil et de la corde ; il m'est impossible d'aller à la pêche, et me voici encore en danger de mourir de faim! Seigneur, si vous ne venez à mon secours, je suis perdu, je vais périr au milieu de ces rochers stériles et sauvages...

Il voulut faire quelques pas dans son étroite vallée, mais il ne put s'y arrêter longtemps. La terre était brûlante, l'atmosphère embrasée ; la résine fondue coulait en longs ruisseaux de feu des sapins enflammés, et une fumée étouffante remplissait tout le vallon.

Théodore s'éloigna de cet endroit qui lui était devenu si cher, et alla s'asseoir en pleurant sur une roche voisine.

— Si je vivais au milieu des hommes, pensait-il, ce désastre serait bientôt réparé, quelques sous me suffiraient pour remplacer les linges, les meubles et les vases que j'ai perdus. Mais ici, dans la solitude, c'est un malheur sans remède.

· A l'entrée de la nuit, Théodore voulut rentrer dans sa grotte et prit le chemin de la vallée ; mais quoique la flamme fût éteinte, les cendres étaient encore trop chaudes et la fumée trop épaisse pour lui permettre d'y pénétrer. Il fut obligé de chercher un autre endroit pour y passer la nuit ; mais en faisant sa provision de bois il avait insensiblement détruit le petit bouquet de sapins qui ombrageait la source, et il se vit obligé de coucher en plein air sur une roche nue. La tristesse et l'inquiétude ne lui permirent pas de fermer l'œil un moment ; il pensait plus que jamais à la maison paternelle, à son père, à sa mère, à ses frères et sœurs, et tournait vers la voûte du ciel ses yeux pleins de larmes.

C'était par une belle nuit d'automne, un peu froide, mais sereine et étoilée.

— O Dieu ! s'écriait-il, que le ciel doit être beau ! que nous serons heureux un jour quand nous aurons quitté la terre, ce lieu de passage et d'exil, pour entrer dans le glorieux séjour qui est notre véritable patrie et notre maison paternelle ! De même que dans cette île déserte, où je vis seul et misérable, je

soupire après la terre ferme, où mon
père me recevait avec tant d'amour, de
même aussi je voudrais être auprès de
vous, Père céleste, et vivre dans votre
royaume! Car, si on la compare au ciel,
la terre la plus heureuse et la plus fertile
ne paraît plus qu'un affreux désert.

Partout sur la terre, comme dans mon
île sauvage, les hommes ont mille maux
à souffrir ; le froid, la faim, la misère,
les chagrins, les maladies, la mort enfin,
sont leur partage ici-bas. Mais là-haut,
dans ce beau ciel, auprès de vous, Seigneur, tous ces fléaux sont inconnus ; là-
haut règne une joie véritable et parfaite :
c'est donc de ce côté que doivent se tourner
tous nos désirs. Si, en ce moment, un
bateau venait me prendre pour me ramener dans ma famille, je serais au comble de la joie ; je devrai donc m'estimer
encore plus heureux quand la mort vien-

dra me retirer de ce monde, et m'ouvrir
l'entrée d'un monde meilleur.

XI. — Les amis sont en mer.

Trois ans s'étaient écoulés depuis le
jour où Théodore avait été jeté par la
tempête sur ces rochers. Ses parents le
croyaient mort et n'espéraient plus le
revoir que dans le ciel. Leurs autres enfants ne leur donnaient que de la satis-
faction. Marthe, qui entrait dans sa qua-
torzième année, était une jeune fille in-
telligente et laborieuse. André, qui n'a-
vait encore que neuf ans lorsque Théodore fut enlevé à sa famille, en avait
maintenant douze, et secondait activement
son père dans ses travaux. Ces deux
enfants étaient pleins de douceur et bien
élevés.

Un jour, sur la fin de l'automne, le père
leur dit :

— Mes enfants, puisque la matinée est belle et la mer parfaitement calme, nous allons passer dans l'île Verte. J'ai besoin d'y couper des branches de saule; vous, pendant ce temps-là, vous ferez la récolte des noix, qui doivent être mûres. Prenez plusieurs corbeilles, car j'espère qu'il y aura autant de fruits que l'année où nous avons perdu votre pauvre frère.

Ils partirent donc et passèrent dans l'île : quand le père eut fait sa provision de branches de saule, il s'assit avec ses enfants sous un peuplier, pour y prendre son repas.

— Chers enfants, leur dit-il, c'est précisément sous cet arbre que j'ai dîné la dernière fois avec Théodore, c'est à cette place !

Alors il leur raconta de nouveau tout ce qui s'était passé, et leur dépeignit très

vivement la violence de la tempête ainsi
que le désespoir du pauvre enfant.

— C'est là-bas, ajouta-t-il en frémis-
sant, que je l'ai vu pour la dernière
fois ; malgré la hauteur des vagues, je
distinguais encore ses bras qu'il me tendait, puis tout-à-coup je n'ai rien vu.

Pendant ce récit, les yeux du malheureux père se remplirent de larmes, et les
deux enfants pleurèrent avec lui. Ils al-
lèrent ensuite au noyer, pour faire la récolte des noix ; l'arbre était chargé de
fruits, et le petit André témoignait une
vive joie en emplissant les corbeilles.

— C'est vraiment une belle récolte que
nous faisons là, dit la jeune fille ; mais
notre pauvre mère est toujours triste à
l'époque où ces fruits mûrissent, parce
qu'ils lui rappellent Théodore. Je suis
sûre que ce soir, en voyant ces noix, elle
sortira pour aller pleurer.

La cueillette finie, le père voulait retourner à la maison ; mais André lui dit :

— Cher papa, venez avec nous sur cette
montagne ; on doit voir de là une grande
étendue de terre et de mer.

Marthe montra le même désir, et le
père se rendit avec eux sur la montagne.
C'était une belle et sereine journée d'automne ; le ciel était si bleu, l'air si pur
et si transparent, que la vue s'étendait de
tous côtés à une très grande distance ;
les enfants étaient ravis du beau spectacle qui s'offrait à eux dans le lointain.
André surtout ne revenait pas de son admiration.

— Oh ! s'écriait-il, comme tous ces
objets sont clairs et distincts, malgré leur
petitesse ! comme ces montagnes, ces val-
lons, ces rochers, ces bois, ces nombreux
villages, ces châteaux et ces tours se dé-
tachent et brillent au loin ! il est impos-

sible de voir une plus jolie miniature.

— Et notre petit village, dit Marthe, comme il est gracieux et riant! et notre cabane, André, la vois-tu là-bas toute blanche au milieu de ces arbres verts? comme elle est petite, vue à cette distance! ses fenêtres ne sont plus que des points noirs; on dirait un dé à jouer. Vois, comme l'automne a déjà nuancé la verdure de ces forêts. Et ces montagnes si hautes qui s'élèvent là-bas vers le ciel, nous les verrions de notre cabane si d'autres montagnes boisées ne les cachaient pas à nos yeux. Oh! comme toutes les œuvres de Dieu sont grandes! et pourtant ce n'est ici que la terre; que sera-ce donc du ciel?

André se tourna ensuite du côté de la mer et regarda quelque temps à l'horizon.

— Papa, s'écria-t-il tout étonné, voyez

donc là-bas : n'est-ce pas de la fumée qui monte du milieu des eaux ?

Le père vit en effet une colonne de fumée qui s'élevait toute droite vers le ciel, mais que le vent inclinait légèrement d'un côté. C'était précisément la fumée produite par le feu qui avait éclaté dans l'île de notre jeune ermite.

— Je ne sais ce que c'est, dit le père, mais je crains que ce ne soit un vaisseau qui brûle en pleine mer.

— Oh ! cela serait affreux, s'écria Marthe ; que Dieu ait pitié de ces pauvres gens, car ils ne peuvent échapper au feu que pour périr au milieu des eaux.

Le père avait toujours les yeux fixés de ce côté. Le soleil se couchait à sa droite et la mer brillait comme de l'argent fondu.

— Il me semble, dit-il en tenant une

main sur ses yeux, que je vois là-bas un point noir d'où monte la fumée : ne le voyez-vous pas comme moi?

— Oui, dit Marthe, qui avait une vue très perçante, je le distingue parfaitement, ainsi que les deux pointes qui le terminent.

— Je le vois aussi, dit à son tour André; l'une des deux pointes est un peu plus haute que l'autre.

— Ce n'est point un vaisseau, reprit le père; un vaisseau n'aurait pas cette forme, et d'ailleurs il ne paraîtrait pas si grand à une telle distance : il faut que ce soit une île dont je n'ai jamais entendu parler jusqu'ici. Cette fumée prouve de plus qu'elle est habitée.

— Mon Dieu, s'écria Marthe, ne serait-il pas possible que notre cher Théodore y fût?

— Oui, dit André, cela pourrait bien

être, car c'est justement dans cette direction que la tempête l'a poussé.

— Oh ! quel bonheur s'il vivait encore ! s'écria Marthe, qui, à cette idée, fut
toute émue de joie et d'espérance.

— Rien n'est impossible à Dieu, dit
le père ; il se peut qu'il ait conservé la
vie de cet enfant.

— Eh bien ! dit André, il faut partir
tout de suite pour aller le chercher.

— C'est ce que je compte faire aussi,
le plus tôt possible, reprit le père ; mais
je dois d'abord me procurer une plus
grande nacelle et des marins habiles.
Ne perdons pas de temps, retournons à
la maison.

Le père fit force de rames, et ils eurent bientôt regagné la terre ferme. En
arrivant, ils firent part à la mère de leurs
conjectures ; celle-ci partagea leur espoir, qui bientôt devint presque une cer-

titude : les plus jeunes enfants se réjouis-
saient déjà comme si leur frère eût été
retrouvé.

Les parents appelèrent alors quelques
voisins pour prendre leurs conseils dans
cette conjoncture. Mais leurs avis furent
très partagés.

— Comment ! disait celui qui avait la
voix la plus forte, mais d'où viendrait
donc cette île? Je n'en ai entendu parler de ma vie. Vous vous trompez, voisin, c'est plutôt un vaisseau qui aura
pris feu.

— Non, criait un autre qui voulait
faire l'entendu, ce n'est pas un vaisseau,
mais bien ce qu'on appelle un volcan.
J'ai lu dans un livre qu'il n'est pas rare
de voir la nuit, au milieu de la mer, de
de ces montagnes qui vomissent des ma-
tières embrasées. Dieu nous préserve de
nous en approcher! les flammes et les

pierres brûlantes ne nous épargneraient
pas.

— Montagne ou vaisseau, dit un troi-
sième, je ne voudrais pas y aller pour
mille écus; c'est un trop grand voyage
pour nos frêles barques.

— Je ne demanderais pas tant d'argent, Philippe, dit un quatrième ; donne-
moi cent écus, et j'en cours les risques :
mais je ne partirai pas à moins.

— Compère, dit à son tour le vieux
Thomas en coupant la parole à ces ba-
vards, nous partirons ensemble. Je suis
le parrain de ton fils et je l'ai toujours
aimé comme mon enfant, je puis bien
exposer ma vie pour le retrouver. Il n'est
pas certain qu'il vive encore, mais enfin
cela est possible, et cet espoir suffit pour
nous faire courir les risques du voyage.
Quant au succès, il dépend de Dieu.

— Thomas ! s'écria Pierre, jeune pêcheur actif et courageux, puisque vous
partez, je suis des vôtres. J'ai souvent
risqué ma vie pour attraper quelques mi-
sérables poissons, je puis bien la risquer
pour faire une bonne œuvre ; mais je ne
veux point d'argent : si nous sommes assez heureux pour réussir, la joie d'avoir
servi à rendre ce pauvre enfant à sa famille sera ma récompense.

— Dieu nous en fasse la grâce ! dit
Thomas : si demain nous avons le même
temps et un vent aussi favorable, nous
nous mettrons en mer à la pointe du jour.

Ceux des voisins qui avaient refusé le
voyage s'éloignèrent alors en secouant la
tête ; le brave Thomas et Pierre demeu-
rèrent quelque temps encore avec Philippe à s'entretenir de l'entreprise proje-
tée pour le lendemain. La mère de Théodore se mit en devoir de préparer toutes

les provisions ; mais le vieux pêcheur lui dit :

— Ne vous inquiétez pas de cela ; je prendrai ma grande nacelle, et je me charge de veiller à ce qu'elle soit bien fournie de vivres.

Le lendemain le temps était superbe et le vent favorable. La mère et ses enfants conduisirent jusqu'au rivage les trois amis. Lorsqu'ils furent entrés dans la barque, la pieuse femme leur dit en tournant vers le ciel un regard plein d'espérance :

— Adieu ! mes enfants et moi nous allons prier la sainte Vierge Marie de veiller sur vous, et de vous ramener heureusement au village. Puissiez-vous y revenir avec notre cher enfant !

Ils partirent, voiles déployées, et se dirigèrent au-dessus de l'île Verte, du côté où le père avait vu ce point noir qu'il avait pris pour une montagne ou pour un vaisseau. Après quelques heures de route, ils aperçurent à l'horizon une tache brune qui devenait insensiblement plus grande et plus distincte.

— Mes amis, s'écria Pierre, c'est réellement une île ; courage donc ! à force de rames et de voiles, nous y serons bientôt.

La barque filait rapidement.

— Arrêtez, cria tout-à-coup le pêcheur, et baissez les voiles. Il y a ici beaucoup de récifs à fleur d'eau. Nous avons besoin de manœuvrer avec prudence pour ne pas périr. Des navires marchands ne pourraient naviguer dans ces parages sans se briser contre les écueils, ou du moins sans y rester profondément engagés.

Par une manœuvre habile et après de longs efforts, ils arrivèrent enfin près du rivage. Pierre s'élança le premier hors de la barque, et l'attacha par un câble solide.

Ils cherchèrent alors à pénétrer dans l'intérieur de l'île. Après avoir longtemps monté et descendu, ils virent enfin un petit sentier dans le roc et remarquèrent l'empreinte des pas d'un homme. Ils prirent ce chemin, qui conduisait précisément à la grotte du jeune ermite.

XII. — La Délivrance.

La tristesse avait tenu Théodore éveillé toute la nuit. Mais, au matin, quand l'aurore vint dissiper les ténèbres, il lui sembla qu'une douce lumière descendait aussi dans son âme; il se sentit mieux et se leva consolé. Cependant il avait faim et il ne savait où prendre de la nourriture ; mais sa confiance en Dieu était entière ; il était persuadé que la même main, qui ramène le jour après la nuit, ferait succéder le bonheur à ses angoisses.

Le soleil se leva brillant et radieux :
Théodore fit sa prière du matin et se
rendit ensuite au vallon pour examiner
les ravages du feu. La terre était cou-
verte de cendres encore chaudes et de
charbons d'où s'échappait un peu de fumée. Tous ses ouvrages en bois avaient
été dévorés par la flamme des deux sapins qui s'élevaient à l'entrée de la grotte,
il ne restait que deux troncs noircis. La
croix seule avait échappé à l'incendie et
dominait encore la cime du rocher.

— Puissant et merveilleux emblème !
s'écria l'enfant ; quand le monde aura
passé, quand le ciel et la terre auront
été consumés au dernier jour, il ne res-
tera plus à l'homme que le salut par la
croix.

Cette réflexion le remplit d'une force
nouvelle ; il se repentit de s'être aban-

donné la veille à la crainte et au désespoir, et il se mit à genoux auprès de la
grotte pour prier.

Comme il était dans cette attitude, les
trois amis entrèrent dans la vallée. Il ne
les entendit pas, tant sa ferveur était
grande ! Pierre l'aperçut le premier et dit
au père de Théodore :

— Voyez-vous cet ermite en prière?
il faut l'interroger ; peut-être nous don-
nera-t-il quelques renseignements sur
votre enfant.

Le père n'eut pas plus tôt élevé la
voix pour interroger l'ermite, que l'enfant
se retourna tout effrayé et reconnut son
père. Il courut aussitôt se jeter dans ses
bras. Le père et le fils se tinrent longtemps embrassés; leurs larmes se con-
fondaient : la surprise et la joie les
empêchaient de prononcer une seule parole.

Théodore salua ensuite Thomas son parrain, et Pierre, qui ne se lassaient pas d'admirer sa bonne mine et sa vigueur. Il s'informa de sa mère et de ses frères et sœurs, et reçut avec joie l'assurance qu'ils se portaient tous bien.

— Maintenant, dit le parrain Thomas, ce que nous avons de mieux à faire, c'est de déjeuner, le grand air et la fatigue nous ont donné de l'appétit.

Pierre courut chercher les provisions qui étaient restées dans la barque, du pain, du vin, du lait, du beurre, des viandes froides, du poisson frit, des poires, des pommes et des noix vertes. A la vue du pain, Théodore ne put retenir ses larmes.

— Voilà trois ans, dit-il, que je regrette cet aliment, le plus précieux don que Dieu ait fait aux hommes pour la nourriture du corps.

Lorsqu'ils se furent assis au pied de la croix, sur une pelouse verdoyante que l'incendie avait respectée, et d'où la vue s'étendait au loin sur la mer, l'enfant raconta d'abord tout ce qui lui était arrivé depuis le jour où la tempête l'avait séparé de son père. Les trois amis écoutèrent avidement les moindres détails de son récit. Ce qui les frappa surtout ce furent les ressources inattendues que Théodore avait trouvées dans son île, et le changement heureux que cette vie solitaire et misérable avait opéré dans son caractère et dans ses idées. Depuis ce moment notre jeune ermite fut d'autant plus heureux qu'il n'oublia jamais les leçons du malheur et les pensées de la solitude.

FIN.

TABLE.

—

FIN DE LA TABLE.

Limoges. — Impr. Eugène ARDANT et Cⁱᵉ.

www.ingramcontent.com/pod-product-compliance
Lightning Source LLC
Chambersburg PA
CBHW071110260626
47162CB00006B/2284